SOPA DE LLIBRES

Mallorca, 45, 4.ª planta
08029 Barcelona
Telèfon 932 172 054. Fax 932 373 469
e-mail: barcanova@barcanova.es
www.barcanova.es

Disseny: Manuel Estrada

Primera edició: març de 2006

ISBN: 84-489-1887-8
Dipòsit legal: B-2867-2006

Imprès a GERSA, S.A.
Tambor del Bruc, 6
08970 Sant Joan Despí
Printed in Spain

Sorribas, Sebastià
En Luka i la Maria al País Vermell / Sebastià Sorribas ; il. de Mireia Coll. — Barcelona : Barcanova , 2006. — 64 p. : il. ; 20 cm. — (Sopa de Llibres ; 127. Sèrie Taronja)
ISBN 84-489-1887-8
I. Coll, Mireia, il. II. Títol. III. Col·lecció. 1. Aventures. 2. Imaginació.

I2 SOR

En Luka i la Maria
al País Vermell

SOPA DE LLIBRES

Sebastià Sorribas

En Luka i la Maria al País Vermell

Editorial Barcanova

Il·lustracions de Mireia Coll

En Luka i la Maria tenen vuit anys i són cosins. Són un nen i una nena correntets, és a dir, són llestos, maquets i sovint empipadors... Intel·ligents, simpàtics, una mica tocacampanes a vegades... En resum, són com qualsevol altre nen o nena de la seva edat.

La Maria i en Luka tenen moltes coses: llibres, joguines, cintes de vídeo, una màquina de retratar de veritat, trencaclosques, l'osset de peluix de quan eren petits, dinosaures de joguina... A més en Luka té una gata, la *Sumurrut*, i la Maria una gossa, la *Guaira*. En fi, els dos nens tenen, més o menys, tot el que tenen –o haurien de tenir!– tots els nens i les nenes del món.

Però en Luka i la Maria tenen una cosa que difícilment tenen altres nens. Quina? Doncs tenen un avi que s'inventa per a ells tota mena d'aventures. Així, la Maria ha pogut anar a la Lluna i a Mart en una nau espacial. I en Luka va poder parlar amb ocells.

Tot i que l'aventura més ferma que van córrer els dos cosins va ser durant una tarda que eren a casa la Maria avorrits com ostres... Havien estat jugant a veure quin dels dos era més bèstia (un joc molt bèstia, per cert), havien fet un trencaclosques de setanta-dues peces i mitja, havien vist una pel·li del Mickey i el Pluto... Però, després van començar a fer grans badalls.

Hi va haver un moment en què tots dos es van mirar i van exclamar alhora:

–Ostres, tu, quin avorriment! –va dir la Maria.

–Òndima, noi, quin ensopiment! –va dir en Luka.

Amb tot, els dos cosins eren d'aquells nens que no estaven disposats a passar-se gaire estona amb els braços plegats fent badalls. No, no, ells no, de cap manera!

De sobte, en Luka va fer un gest que li servia per pensar coses importants: es va posar un dit al front. La Maria se'l va mirar tota esperançada: ella sabia que quan el seu cosí feia aquell gest, al noi no trigava gaire estona a venir-li una pensada de les bones... Segur!

I així mateix va ser.

–Escolta, Maria, saps què? –va dir el nen–, podríem telefonar a l'avi, per demanar-li que s'inventi una aventura ben ferma per a nosaltres. Què te'n sembla?

La Maria va picar de mans tota contenta, i tot seguit va agafar el telèfon per trucar al seu avi, ja que la nena era la Telefonista Oficial dels dos cosins, i va marcar el número del seu avi.

Riing, riing, riing!

–Hola! –va dir l'avi–. Quina de les meves bestioles em truca?

–Hola, avi! –va dir la Maria–. Sóc la fresca de la teva néta... Et passo el fresc del teu nét gran!

–Escolta, avi, saps què? –va començar a dir en Luka–, la Maria i jo fa molta estona que badallem de tan avorrits com estem. I hem pensat que potser tu et podries inventar una bona aventura per a nosaltres... Què te'n sembla?

–Vejam, vejam! –va dir l'home–. Mireu! Vaig a obrir uns quants dels meus calaixos de la memòria, a veure què en surt... De seguida us truco! –i va penjar l'aparell.

Al cap d'una estona...

Riing, riing, riing!

En Luka va agafar el telèfon i la Maria el supletori.

–Digues, avi! –va dir en Luka.

–Mireu –va dir l'home–. Ara us envio el *Puck* amb un sobre on hi ha les instruccions que haureu de seguir per córrer una nova aventura. Tingueu en compte, però, que aquesta vegada la cosa no us resultarà gens fàcil, que ja sou prou grandets per resoldre aventures de nens grans. I res més, bestioles!

–Gràcies, avi! –van exclamar els dos nens.

I de seguida van córrer escales avall per esperar el *Puck*, el gat dels seus avis. No van haver d'esperar gaire estona. Els dos nens aviat van veure que el *Puck*, amb tota la calma d'aquest món, venia per la voravia, amb un sobre a la boca.

Mentre en Luka agafava la carta, el gat va fer:

–Mèeeu.

–Sí, *Puck*, ara vinc! –va dir la Maria, mentre pujava corrents a casa seva.

La nena va obrir la nevera i va agafar un musclo en escabetx, que tenia per a aquestes ocasions. De seguida va tornar a baixar les escales.

El *Puck* va agafar el musclo amb la boca i se'l va cruspir en un tres i no res. Després va remenar la cua d'una manera que volia dir adéu, i se'n va tornar a casa seva.

De seguida, en Luka i la Maria van pujar al pis i van seure al sofà del menjador, preparats per saber quina una els n'havia preparat el seu avi. En Luka, que era el Llegidor Oficial dels dos cosins, es va disposar a llegir l'escrit:

–«Luka i Maria, bestioles meves estimades –va començar a llegir el noi–, prepareu-vos a córrer-ne una de bona, d'aventura! Aquesta vegada haureu d'anar al País Vermell..., un país on gairebé tot és de color vermell. Serà una aventura difícil, però vosaltres sou prou espavilats per resoldre-la. I si us en sortiu, tindreu un bon regal: un barret de cuiner per a cada un!».

–Ostres, tu –va dir la nena–. Que maca estaré quan faci croquetes de Santa Teresa!

–Òndima, noi! –va dir en Luka–. Que xulo estaré, quan prepari el meu plat favorit d'ous ferrats amb melmelada.

El noi va continuar llegint:

–«Per guanyar aquest premi haureu de passar tres proves. Primera: haureu de pintar de color... de color vermell, és clar, un espai força gran d'aquest País. Segona: haureu de descobrir les tres coses vermelles que en el País Vermell són d'un altre color. I tercera i més difícil: haureu de resoldre un misteri molt complicat. Sabreu que és el vostre misteri quan sentireu que algú diu: "Semblo una albergínia!"»

La Maria va moure el cap, tota seriosa, i va dir:

–Adéu barret de cuiner!

Però en Luka la va animar:

–Va, Maria, que no sigui dit! *Sursum* corda!

–*Sursum* què? –va fer la nena.

–*Sursum* corda! Que en grec vol dir 'Amunt la corda'.

–Va, deixa't de cordes i continua llegint.

–«Per poder complir aquestes proves –va continuar llegint en Luka–, podeu demanar ajuda a persones i animals que us vinguin de gust. Per exemple, el teu germà petit, Luka, en Manuel... O la *Sumurrut*..., o la *Guaira*... Per cridar-los, ja sabeu les paraules màgiques "de crida". D'altra banda, us podeu endur les coses i el menjar que vulgueu... sempre que siguin vermells. I també una mica de diners, que no cal que siguin vermells, eh! Ah, i vosaltres també heu d'anar de vermell. Finalment preneu nota que per arribar al País Vermell, haureu de ficar-vos dins un armari ben fosc i dir les paraules màgiques "d'anada" que us vaig ensenyar. I res més... Força sort i fins aviat, bestioletes meves!»

En Luka i la Maria no van perdre el temps... Quant als vestits, no hi havia problema: a casa la Maria hi havia un armari ple de disfresses... N'hi havia més de trenta!

La Maria no va trigar ni cinc minuts a triar el seu vestit: una disfressa de Nan Vermell, amb un sarró i un barret de cascavells. Però en Luka, que era un cagadubtes, va estar molta estona per decidir-se entre una disfressa de pirata, una de dimoni i una altra de guineu.

La disfressa de Pirata Roig li agradava molt, al noi, perquè duia una espasa molt xula; però això de portar un ull tapat era molt empipador, pensava en Luka. La de guineu també li agradava, però l'última vegada que la va portar, tothom li trepitjava la cua. Al final va triar el vestit de dimoni: li feia gràcia dur dues banyes que s'encenien amb una llum vermella, quan premies el botó del mig del vestit. De tota manera, el noi va anar a la cuina, va agafar unes tisores i va tallar la cua del vestit de dimoni, per si de cas.

Després, en Luka va reunir les coses que pensava endur-se al País Vermell: una lot que feia llum vermella, un boli que pintava de color vermell, una llibreta de tapes vermelles, la vareta màgica del seu joc de màgia, que va haver de folrar de color vermell, perquè era negra. També va haver de folrar la seva màquina de retratar, que era grisa. Tot ho va posar a la seva motxilla d'anar a l'escola, que precisament era vermella.

Mentrestant, la Maria reunia en el seu sarró de Nan Roig les coses de menjar que s'havien d'endur: maduixes, uns quants tomàquets, un pebrot... Xupa-xups de maduixa...

Quan tots dos van estar ben preparats, van decidir quin era l'armari més adient per ficar-s'hi i anar al País Vermell. Van creure que el millor –perquè era el més gran– era l'armari de la mare de la nena, encara que estava ple d'andròmines: paquets, sabates, paraigües, trastos de tota mena... Els dos cosins ho van treure tot a fora sense contemplacions, mentre la Maria pensava que si la seva mare arribava al pis abans que ells tornessin, l'esbroncada seria històrica.

Finalment la Maria i en Luka es van ficar dins l'armari tot emocionats. Van tancar ben tancada la porta i van dir les paraules màgiques, que ells en deien «d'anada»:

Un soldat escabetxat
es tira un pet i mata un gat.

Quan els dos nens van obrir la porta de l'armari, es van haver de tapar els ulls amb les mans, a causa de la intensa llum... (llum vermella, és clar) que hi havia a fora.

D'un salt, la Maria i en Luka van sortir de l'armari: Ja eren al País Vermell.

El primer que van veure és que la llum vermella venia d'uns fanals que hi havia davant mateix d'ells, a l'entorn d'un brollador molt bonic, ple de peixets vermells..., encara que també n'hi havia de blaus, i fins i tot de grocs.

Eren en una mena de carrer força ample, per on passejava molta gent. Devia ser dia de festa, en aquell País, perquè tothom anava molt mudat. Una cosa que va cridar l'atenció a la Maria i en Luka és que tothom portava almenys una peça de vestir vermella: la camisa, el barret, uns mitjons, un mocador de coll, la faldilla... Per això tots dos es van sorprendre molt en veure un nen que anava en bicicleta (vermella, és clar), que no portava cap peça de roba vermella.

Intrigada, la Maria es va dirigir al noi:

–Tu, beneit del cabàs, com és que no portes res de color vermell?

El nen es va mirar la Maria de cap a peus, com si pensés: «Amb què surt, ara, aquesta bleda!». I va respondre:

–Porto els calçotets vermells, cap de suro!

La Maria va quedar bocabadada, mentre en Luka reia de gust.

Tot passejant, els dos nens van veure que, a banda i banda del carrer, hi havia unes fileres de cirerers molt carregats de fruita. La gent, mentre passejava, anava agafant cireres, se les menjava i després llençaven els pinyols en uns pots que hi havia al peu dels arbres i que portaven el rètol de POT PINYOLER.

Al cap d'una estona, els dos noiets van arribar a un lloc on hi havia una carpa de circ, s'hi van acostar, i van veure que sobre una taula hi havia tot de postals de la gent del circ: un domador, una ballarina sobre un cavall, un pallasso... De sobte els dos nens es van quedar tan garratibats que si els punxen no els treuen sang: el pallasso de la postal era com molts altres pallassos: duia una perruca rossa, una camisa de quadres, uns grans sabatots, uns pantalons molt amples, i un nas de broma... de color blau!

–Luka –va dir la Maria, en veu baixa–, digue'm que no estic somiant!

–No estàs somiant, Maria –va respondre el noi–. Acabem de trobar la primera de les proves dels colors! Ja solament ens en falten dues!

Tot seguit, en Luka es va treure de la motxilla el boli i la llibreta de tapes vermelles i va apuntar: «Prova número 1, pallasso amb el nas de broma blau, en lloc de vermell». Després va tornar a desar llibreta i boli, i també la postal del pallasso com a comprovant.

A continuació, la Maria i en Luka, agafadets de la mà, van continuar passejant una estona per aquell carrer, i meravellant-se sovint del que veien: un tramvia vermell amb xemeneia, els guardes, que anaven de blau, però al cap portaven un cucurutxo vermell que feia molt de riure... Quan de sobte van sentir unes paraules que els van fer posar les orelles ben teses. Un nen havia cridat:

–No vull aquest vestit! Semblo una albergínia!

–Un que sembla una albergínia! –va exclamar en Luka.

–Sí –va confirmar la Maria, molt emocionada–. Ja tenim el nostre problema a punt de solfa!

Els dos nens es van acostar a un carreró des d'on se sentien els crits, i van veure un nen d'uns quatre anys, vestit tot de color morat, menys el coll de la camisa, que era vermell, estirat a terra, marranejant que era un gust. Un home i una dona –evidentment els seus pares– intentaven en va que el nen acabés la rebequeria.

En Luka i la Maria es van acostar a aquella gent. La nena va preguntar:

–Què li passa, a aquest nen tan rebufó?

El petit, en sentir el comentari de la Maria, es va alçar d'una revolada i li va etzibar:

–I a tu què t'importa el que em passa, cara de lluna!

–Simpàtic, el minyó! –va comentar en Luka.

El petit es va girar cap al noi i li va engegar:

–I tu què remugues, cara de lluç!

–Un dia d'aquests, xaval, algú et farà una cara nova –el va amenaçar en Luka.

–Prova-ho –va respondre el nen– i el meu pare en farà botifarres, de tu!

–I aquest angelet com es diu? –va preguntar la Maria a la mare del nen.

–Es diu Jeremies! –va respondre la dona.

–Ostres, tu! –va comentar la nena–. Pobre noi! No m'estranya que estigui tan de mala lluna! Amb aquest nom!

–Però tothom li diu Jere! –va aclarir el pare de la criatura.

–Òndima, noi! –va exclamar en Luka–. No sé què és pitjor!

–I què li passa, al noiet, que està tan empipat? –va preguntar la Maria.

–Protesta per tot! Està així des de fa quatre dies, quan algú, a la nit, va entrar al jardí de la casa i li va robar el seu patinet de motor nou.

–I no sabeu qui ha estat el lladre? –va preguntar en Luka.

Aleshores, el pare del nen es va acostar als dos nois, i amb molt de misteri els va dir:

–Gairebé segur que ha estat la bruixa Pepeta. I si ha estat la bruixa Pepeta –l'home va moure el cap tot seriós–, del patinet, ja mai més en sentirem ni gall ni gallina!

–¿Tan tremenda és, aquesta bruixa Pepeta? –va preguntar la Maria.

–Més i tot! –va intervenir llavors la mare d'en Jere–. Si s'enfada amb tu, és capaç de convertir-te en llangardaix, ja veus el que et dic!

–I per què penseu que el robatori el va fer aquesta bruixa? –va voler saber en Luka–. En teniu alguna prova?

El pare d'en Jere va explicar:

–Sembla que, quan ja se n'anava amb el patinet, el lladre es va fúmer de lloros, i va perdre una dent. –I, amb tota solemnitat, l'home es va treure de la butxaca de l'armilla una dent punxeguda negra com el carbó.

En Luka va agafar la dent, se la va mirar ben mirada, i va dir:

–La veritat és que sembla ben bé una dent de bruixa.

–I si el meu cosí diu que és una dent de bruixa ja hi podeu pujar de peus que ho és! –va comentar la Maria, amb un somriure burleta–. Ell n'ha vistes a cabassos, de dents de bruixa!

–No li feu cas, a aquesta mocosa! –va comentar en Luka–. Sempre està criticant!

Però, llavors, l'home, abaixant encara més la veu, va dir:

–I ahir la bruixa Pepeta va sortir per la televisió, i tothom va poder veure que li faltava un ullal!

–Ostres, tu! –va dir la Maria.

–Òndima, noi! –va dir en Luka.

–Però –va intervenir la Maria–, ¿per què deu voler un patinet, aquella bruixa?

–No deu ser per a ella, això segur; per viatjar ja té la seva escombra! –va dir llavors la dona–. Segur que algú li va encarregar el robatori... Hi ha molts nens, aquí al País Vermell, que voldrien un patinet com aquest, ja que és un exemplar únic! Algun pare li devia donar diners, a la bruixa, per tal d'aconseguir el vehicle per al seu nen!

En Luka, de sobte, es va decidir:

–Mireu, bona gent! La meva cosina i jo volem ajudar el Jere a recuperar el patinet. Si ens dieu on viu aquesta bruixa, farem el que podrem.

–La voleu anar a veure? –va exclamar la mare del nen–. No esteu bé del cap! El més segur és que acabeu convertits en ratolins!

De tota manera, els pares d'en Jeremies van indicar als dos nois on vivia la bruixa Pepeta i van desitjar-los un feliç retorn, tot movent el cap, com dient: «Aquest parell ja els hem vist prou!».

La Maria i en Luka es van posar en camí i no van trigar gaire estona a ser davant la casa de la terrible bruixa Pepeta. La veritat és que els dos van quedar ben estranyats en veure aquella casa, que més que una casa era una barraca, i a més molt atrotinada, on la pintura vermella de les parets s'havia gairebé esborrat i ara les parets tenien un color entre gos com fuig i caca d'oca.

A sobre l'entrada de la barraca hi havia un rètol que deia, si t'hi fixaves bé, perquè hi havia tanta porqueria que amb prou feines es veien les lletres:

ESPECIALISTA EN ENCANTERIS
I BEURATGES AMOROSOS
PREUS A L'ABAST DE GAIREBÉ
TOTES LES BUTXAQUES
NO ES FAN DESCOMPTES!

–Aquesta bruixa no deu tenir gaires clients –va comentar la Maria–. La seva barraca fa més pena que glòria!

–Sí –va confirmar en Luka–. I això que dius em fa pensar en una bona solució per al nostre problema! Ja ho veuràs!

Aleshores el nen va trucar a la porta i quan es va obrir, els dos nens van quedar del tot garratibats! Davant d'ells va aparèixer una bruixa de les d'abans: els cabells tot eren grenyes i fins i tot hi duia enganxada alguna teranyina, el nas corbat i els ulls rojos li donaven un aspecte esgarrifós. Les dents eren negres i punxegudes... i li faltava, és clar, un ullal. El vestit era tot un parrac i al cap hi duia un barret punxegut amb gripaus vius enganxats.

–Què volen aquest parell de caps de coco? –els va rebre la bruixa, amb una veu horrible.

–Li volem proposar un negoci, senyora bruixa –va dir en Luka.

–No em diguis bruixa, mico pelat! Tinc un nom, jo, o és que no saps llegir, cara de cul de garrí?

–Perdoni, senyora Pepeta –va dir llavors el noi.

–Això està millor, cara de pop! I quin és aquest negoci de què parles?

–Veurà, senyora bru..., vull dir senyora Pepeta, per l'estat de la seva casa no sembla pas que el negoci li vagi gaire bé...

–Tens raó, orellut! El negoci no va gens a l'hora! Avui la gent s'enamora sense necessitat de beuratges màgics, i la darrera vegada que vaig fer un encanteri, va ser per canviar el color d'un canari, del groc al blau cel!

–No és estrany, senyora bru..., vull dir senyora Pepeta –va intervenir la Maria–.

Tal com té la casa, d'atrotinada, és lògic que espanti la clientela.

–Quina rucada estàs dient, eh, nas de patata!

–La meva cosina té raó, senyora Pepeta. Una bruixa que viu en una barraca descolorida com aquesta i s'anuncia en un cartell que fa pena de brut, no desperta la confiança de ningú!

La dona va estar uns moments rumiant, i finalment va dir:

–Quina en porteu de cap, eh, parell de nans desnatats?

En Luka es va aclarir la veu, i va dir d'una tirada:

–Miri, senyora bruixa Pepeta, nosaltres li pintem la barraca i li fem un cartell nou i vostè ens diu qui té el patinet d'en Jeremies!

–Mira, que espavilat, aquest nas de pastanaga! Així que aneu darrere del patinet d'aquell malcriat. –I després de pensar-s'ho una mica, va afegir–: De tota manera no em sembla un mal tracte... Accepto!

–Ah! –va fer en Luka–. Però la pintura va a càrrec de vostè, eh!

–La pintura no és cap problema –va dir la bruixa Pepeta–. Al País Vermell, la pintura vermella és gratuïta. Precisament, a prop d'aquí n'hi ha un dipòsit. –I va afegir la dona–: ¿No és massa feina per a vosaltres dos sols, eh, parell de mussols descolorits?

–La Maria farà el cartell –aclarí en Luka–. I jo pintaré la casa... amb un ajudant.

–Un ajudant? I on el tens amagat? –va preguntar la dona.

–De seguida apareixerà –va dir en Luka. I afegí–: Té una cambra fosca?

–Allí al fons tinc la cambra d'endevinar el futur...

De seguida en Luka i la Maria es van ficar en aquella cambra, i van dir alhora les paraules màgiques de crida:

La caca de la muntanya no fa pudor,
pam, pam!
Encara que la remenis amb un bastó,
pam, pam!

I tot seguit van cridar:

–Manuel! Vine!

Quan van sortir de la cambra, la bruixa va quedar ben bocabadada.

–No el sabia, jo, aquest truc! Entreu dos en una cambra, i en sortiu tres. D'on ha sortit aquest galifardeu amb cara de peix fregit?

A en Manuel, això del peix fregit no li va fer gens de gràcia, i ja n'anava a dir una de fresca, quan la Maria es va afanyar a tapar-li la boca...

–No diguis res, ruc! –li va dir la nena a l'orella, a en Mano–. Aquesta dona és una bruixa, i per menys de cinc cèntims et converteix en conill o en esquirol!

Al cap d'una estona, els tres noiets ja estaven en plena feina. En Manuel rondinava:

–Jo que em pensava que em cridàveu per córrer una gran aventura, i mira'm, fent d'ajudant de pintor! Ja és mala sort!

La feina avançava molt de pressa, perquè en Luka havia tret de la motxilla la seva vareta màgica, i encara que no era de gran abast, amb la seva ajuda, la pintura s'estenia més ràpidament.

Mentrestant, la Maria estava fent una monada de cartell. Quan ja estava a punt d'acabar, va preguntar:

–Senyora Pepeta, vol que hi posi un parell de dibuixos, al rètol?

–Com què? –va preguntar la bruixa.

–No ho sé –va dir la Maria–. Com per exemple un mussolet o un gripauet...

–Un mussol i un gripau m'hi estaran bé –va assentir la dona–. I de passada m'hi poses una taràntula ben bonica.

Quan van haver acabat la feina, la dona els va informar per a qui havia «treballat» en l'afer del patinet.

–Em va llogar el senyor Neula, un dels homes més rics –i un dels més rucs– del País Vermell. Era per a l'aniversari del seu fill Calixto, que així es diu el noi.

–Ai, pobre! –va exclamar la Maria.

–En realitat el Calixto volia un gos –va explicar la bruixa–, però el seu pare té una gran al·lèrgia als gossos. Resulta que aquest cap de suro va ofendre greument la meva mestra i predecessora, la bruixa Rovellada, i aquesta li va fer un encanteri molt divertit. Cada vegada que el pallús del senyor Neula veu un gos, es posa a bordar i a gratar-se l'aixella, com fan els gossos.

Els tres nens van riure de gust en imaginar-se el senyor Neula «fent el gos».

–Així que aquest senyor li va regalar al seu fillet un patinet en lloc d'un gos –va dir la Maria.

–Justa la fusta! –va afirmar la bruixa.

De sobte, la Maria va fer un gran crit d'alegria, mentre cridava:

–Aquesta vegada he estat jo, la que ha tingut una gran pensada! –I dirigint-se a la dona, li va demanar–: Senyora Pepeta, podem ficar-nos una altra vegada a la cambra fosca?

–Sí, és clar! –va dir la dona.

De seguida els tres nois es van ficar a la cambra, mentre la bruixa Pepeta murmurava:

–A veure quantes persones en sortiran aquesta vegada!

Aquesta vegada, però, de persones en van sortir les mateixes que hi van entrar, ara bé, acompanyades de la gossa de la Maria, la *Guaira*, negra com la nit.

La bruixa Pepeta no se'n sabia avenir:

–M'heu d'ensenyar aquest truc! –va dir.

Una vegada van saber l'adreça de la casa del senyor Neula, els tres nois es van acomiadar de la bruixa Pepeta, i es van dirigir cap al final de l'aventura. De moment, ja havien pintat de vermell una cosa del país –la paret de la barraca de la bruixa–, i estaven a punt de resoldre feliçment el misteri... Això estava molt bé –van pensar els dos noiets–, però, és clar, els faltaven dues proves dels colors..., i aleshores en Manuel va tenir el seu paper, quan de sobte, mentre el nen agafava cireres d'un arbre, va exclamar:

–No és possible! Heu vist mai unes cireres com aquestes? Però si són negres!

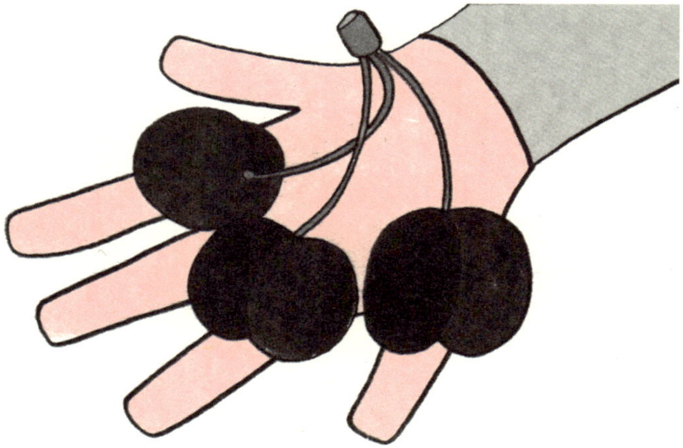

No cal dir que en Luka es va apressar a treure de la motxilla el boli i la llibreta i va apuntar: «Prova número 2, cireres negres en lloc de roges». I el nen en va posar unes quantes dintre d'una capseta, com a comprovant.

I la cosa no va acabar aquí. No feia ni deu minuts que caminaven, quan els tres van arribar davant d'un bar i en Mano va rondinar:

–Ja està bé, tant pintar, tant pintar... i amb el ventre buit! Almenys em podríeu comprar un entrepà en aquest bar, no?

La Maria va dir que ja no quedava res de vermell per menjar al sarró que havia preparat per al viatge i llavors en Luka va comprovar que encara li quedaven alguns cèntims, de manera que els dos nens i la nena es van dirigir cap a l'entrada de l'establiment.

La primera que se'n va adonar va ser la Maria:

–Ostres, tu, quina xamba! –va dir fent un gran xiscle.

–Què t'agafa, ara a tu? –va preguntar el seu cosí gran.

–Mireu, mireu! –va dir la noia tot assenyalant el cartell que hi havia damunt la porta del bar.

Al cartell hi deia: «Taverna del Xai Vermell»..., i hi havia un xai dibuixat, però era un xai de color groc!

Novament, en Luka va treure els estris d'apuntar, i va escriure: «Prova número 3, cartell de la taverna EL XAI VERMELL. El xai dibuixat al cartell és groc». Després, va agafar la màquina de retratar per tenir un comprovant com cal. I va dir satisfet:

–Ja tenim les tres proves dels colors, i ja hem fet una gran pintada amb pintura vermella, tal com ens demanava l'avi. Ara solament ens falta pispar el patinet al Calixto i tornar-lo al Jeremies, i ja haurem acabat l'aventura.

Els altres dos van picar de mans, mentre en Manuel comentava:

–Calixto! Jeremies! És que en aquest país no hi ha cap nen que tingui un nom normalet, com Manuel, per exemple?

–Bé –va dir llavors la Maria–. Entrem al bar a fer un mos!

–Jo no en vull un, de mos, jo en vull almenys una dotzena! –va dir en Manuel.

En entrar a l'establiment es van topar amb l'amo del local, que per cert no duia cap peça de roba vermella –almenys que es veiés–, però sí un enorme bigoti tenyit de roig, que semblava que, a sobre la boca, l'home hi portés dos fregalls l'un al costat de l'altre.

–Senyor amo del local –va intervenir la Maria dirigint-se a l'home–, ja sap que el rètol de fora està equivocat?

–No, no ho sabia –va respondre l'home–. Esperava que una mona sàvia com tu m'ho digués!

–Que graciós! –va fer la Maria, tot fent llengotes a l'home... quan aquest estava d'esquena.

Una vegada els tres nens es van haver ben atipat, van sortir de la taverna i es van dirigir a l'adreça que la bruixa els havia donat, la de la casa del senyor Neula.

Al cap d'una mitja hora eren davant d'una finca enorme, amb una casa vermella molt gran i voltada d'un gran jardí amb molta gespa i ple de pruners, aquells arbres que tenen les fulles de color roig fosc.

La finca tenia una gran portalada, ara tancada, però al costat mateix hi havia una porteta oberta. Els dos nens i la nena, aquesta amb la *Guaira* en braços, van entrar al jardí dels Neula.

De seguida van localitzar en Calixto. Els tres nois es van quedar de pedra en veure el que feia aquell angelet. En Calixto tenia un gat negre ben agafat i li anava posant llaunes buides en una corda lligada a la cua de l'animal. Al cap d'un moment, davant l'astorament dels nouvinguts, va clavar una agulla, sí, sí, una agulla al gat, i el va deixar anar. La bestiola, en veure's lliure, i fent grans miols de dolor, va arrencar a córrer, arrossegant les llaunes amb un gran terrabastall, mentre aquell galifardeu reia com un boig.

–Vaja, quin angelet! –va comentar la Maria.

–Aquest xalavet és una mena de monstre de Frankenstein! –va afirmar en Manuel–. I a aquest brètol vols deixar la pobra *Guaira*?

–No per gaire temps! –va assegurar la noia.

Tots tres es van acostar a en Calixto, i aquest en veure la *Guaira* es va alçar de cop, tot cridant:

–Un gos! Un gos! Jo el vull!

–Un moment, xicotet! –va dir en Luka–. Segons sembla el teu pare no pot veure un gos ni de lluny.

–Això és veritat! –va comentar el nen de la casa–. El meu pare, quan veu un gos, es posa a bordar i a aixecar la cama per fer pipí. Però jo tinc un amagatall on dur un gos. Què voleu a canvi del gos?

En Luka va fer veure que pensava uns instants, i després va dir:

–Et donem la gossa a canvi del teu patinet.

El nen va estar uns moments indecís, però de seguida va esclatar:

–Fet! Em quedo amb el gos!

Al cap de poca estona, els tres nois es dirigien a casa d'en Jeremies. En Manuel anava dalt del patinet i no parava de rondinar:

–Sou pitjor que aquell torturagats... Mira que deixar la *Guaira* en mans d'aquell pervertit!

–No pateixis, Manuel –va dir la Maria–, de seguida la tindrem aquí, ja veuràs!

–En efecte, quan eren una mica lluny de la torre dels Neula, la nena es va dur un dit de cada mà a la boca i va fer un xiulet eixordador. Els tres no van trigar a veure la *Guaira*, que venia corrent a tota pastilla, i que va acabar la seva cursa llançant-se als braços de la seva mestressa.

L'alegria que van tenir en Jeremies i els seus pares en veure arribar els tres herois amb el patinet!

Mentre el nen feia una volta amb el seu patinet recobrat, la seva mare no feia més que repetir que s'emportessin alguna cosa com a pagament: un fuet, una dotzena d'ous, un barret de tirolès...

El pare del nen, al seu torn, va dir molt solemne:

–Mireu si n'estem, d'agraïts, que estem disposats a regalar-vos el nostre millor animal, únic al País Vermell: el gall de la cresta lila!

En sentir l'oferiment de l'home, en Luka i la Maria van quedar glaçats. Com?, encara una altra prova de colors? Però si ja les tenien totes tres! Al final en Luka va dir a l'home:

–El gall no l'acceptarem pas, però ens agradaria fer-li una fotografia com a record.

El pare d'en Jere de seguida els va mostrar el seu famós gall, que, efectivament, encara que tenia les plomes d'un roig brillant, la seva cresta era de color lila! En Luka, molt preocupat, va fer una fotografia d'aquell rei del corral.

Els tres nois es van acomiadar d'aquella família, ara tan feliç. Al cap de poc temps, la Maria i en Luka eren asseguts sobre la gespa del costat del camí, voltats de cirerers. Davant d'ells, sobre l'herba, hi havia dues fotografies, una postal i una capseta.

–Està molt clar que sobra una d'aquestes coses –va dir en Luka, entristit–, però, quina?

–Potser l'avi volia dir que triéssim tres coses –va dir la nena.

En Luka, llavors, va treure la carta de l'avi de la motxilla, i va dir:

–Ho diu ben clar: «descobrir les tres coses vermelles que en el País Vermell són d'un altre color». Diu «les tres coses», no pas «tres coses» –va remarcar el noi.

Mentre la Maria i en Luka rumiaven sobre aquell misteri, en Manuel feia voltes per allí menjant cireres. Quan va estar ben tip, es va acostar al seu germà i a la seva cosina i de cop es va fixar en la postal del pallasso:

–Ui, tu! Aquest pallasso el conec! Ha vingut dues o tres vegades a la meva escola. És el Pallasso del Nas Blau!

–De segur que mai porta un nas vermell? –va preguntar en Luka, esperançat, al seu germanet.

–Jo mai l'hi he vist! –va assegurar en Manuel.

–Així doncs... –va començar a dir la Maria.

–Aquest nas de pallasso mai ha estat una cosa vermella. I per tant... –va dir en Luka.

–I per tant, el pallasso queda eliminat i ja tenim la feina completa! –va acabar la Maria, que va afegir, dirigint-se al seu cosinet–: Ostres, tu, Mano, ets un rei!

–Òndima, noi! –va exclamar en Luka al seu torn–. Manuel, de vegades ets un cel!

Resolt el misteri, els tres nois i la gossa es van dirigir a l'armari secret i, una vegada a dins, van dir les paraules màgiques que ells en deien «de retorn»:

Un soldat escabetxat
va a la cuina i trenca un plat.

L'aventura del País Vermell havia acabat!

Al cap d'un temps, a casa dels avis hi havia festa grossa: celebraven l'aniversari d'en Manuel. El nen, amb el seu patinet de motor nou, circulava pel pis, atropellant tothom qui se li posava al davant. El gat *Puck* i la seva companya, la *Bora*, per si de cas, s'havien enfilat dalt de tot del bufet del menjador, esperant temps més tranquils.

A la cuina, en Luka i la Maria eren davant dels fogons, lluint uns magnífics barrets de cuiner molt alts i blancs com la neu.

La Maria es disposava a fer la seva especialitat culinària: croquetes de Santa Teresa a la Manera de la Senyoreta Maria, i esperava que tothom es llepés els dits amb aquestes postres, sobretot gràcies a una fórmula secreta... que no era tan secreta, ja que tothom sabia que consistia a posar sobre cada croqueta de Santa Teresa un polsim de canyella i un pensament de comí.

En Luka, per la seva part, es preparava per fer els seus famosos ous ferrats amb melmelada. Aquesta vegada, el noi –sempre cagadubtes– dubtava...

–Escolta, Maria, què et sembla si en lloc de melmelada de préssec hi poso melmelada de pruna, als ous ferrats?

–Posa-hi el que vulguis –va comentar la nena–. Seran igual de fastigosos.

Al final en Luka es va decidir a fer els tres ous ferrats amb melmelada de taronja. Feia només tres ous ferrats, perquè solament tres persones estaven disposades a menjar-se aquella delícia: ell mateix, el seu germà Manuel, que s'empassava qualsevol cosa, i la iaia dels nens, que era capaç de fer els més grans sacrificis pels seus néts.

I ara deixem els nostres herois tranquils, i diguem-los adéu:

Adéu, Luka! Adéu, Maria! Adéu, Manuel!

Fins a la pròxima aventura! Que serà al País...?

Han escrit i han dibuixat...

Sebastià Sorribas

Vaig néixer a Barcelona, en un dels barris més pobres de la ciutat, fa molts anys: el 1928. De petit, el que m'agradava més era llegir i anar al cinema, i també jugar al carrer amb els de la meva colla. Jo, de petit, vaig tenir la gran sort de tenir dues colles, la del meu barri barceloní i la de Sallent, poble on vaig viure uns anys. Més tard, anava de Barcelona a Sallent, i de Sallent a Barcelona. Anava, com si diguéssim, d'una colla a l'altra.

L'any 1965 vaig escriure el meu primer llibre, *El zoo d'en Pitus*. Jo volia explicar en un llibre les aventures de la meva colla de Barcelona, de quan tenia nou o deu anys. Però resulta que nosaltres érem tremends, d'allò que ja no hi ha, com es diu, i si hagués explicat el que fèiem de veritat, jo i la meva colla, no haurien deixat publicar la novel·la. De manera que, al *Zoo d'en Pitus*, hi surten els nens de la meva colla, però molt arregladets, més bons nens, com si diguéssim, com també vaig fer que el meu barri fos més bonic del que era... En realitat, el meu barri, quan jo era petit, era molt brut i fosc, encara que jo me l'estimava molt, perquè hi havia molts llocs per jugar-hi, com per exemple un magatzem de fusta que era ple de rates... Caçar rates a deu anys era una cosa molt emocionant, encara que també un xic perillosa.

Vaig escriure més llibres, però fa uns quants anys vaig tenir molt mala sort, arran d'una malaltia a l'esquena molt greu, que em va obligar a anar amb una faixa rígida i amb bastó, i vaig haver de dir adéu a escriure nous llibres. Així vaig passar una colla d'anys.

De mica en mica, però, em vaig trobar cada vegada millor, i un bon dia (semblava un miracle!) la meva esquena ja estava curada. Us ho imagineu? Ja podia tornar a escriure novel·les!

I la primera que vaig escriure és aquesta que teniu a les mans. Els noms dels protagonistes, en Luka i la Maria, són els dels meus néts grans.

Després de tant de temps sense poder escriure (13 anys!), ara tinc unes ganes boges d'inventar-me molts i molts llibres.

Mireia Coll

Tot i que sempre m'havia agradat dibuixar, la vida em va portar a dedicar molts anys a ajudar pacients d'anorèxia i bulímia, a lluitar contra la seva malaltia. Va ser en l'intent de ser mare quan vaig disposar de temps per formar-me a fons en el camp de la il·lustració. Llavors van néixer, molt seguides, les meves dues filles, i això va fer que em decidís definitivament a dedicar-me al fascinant món de dibuixar per als petits.

I és que la vida fa tombs inesperats i, com que el món és ple de coses interessants per fer, un dia pots estar venent verdures i l'endemà navegant pels mars dels cinc continents.